Clochette
ET LE
TRÉSOR PERDU

℗Phidal

© Disney Enterprises Inc.

2009 Produit et publié par Éditions Phidal inc.
5740, rue Ferrier, Montréal (Québec) Canada H4P 1M7
Tous droits réservés

www.phidal.com

Traduction : Valérie Ménard

ISBN-13 : 978-2-7643-1184-4

Imprimé au Canada

Nous reconnaissons l'aide financière du gouvernement du Canada par l'entremise du PADIÉ pour nos activités d'édition.
Phidal bénéficie de l'appui financier de la Société de développement des entreprises culturelles (SODEC).
Gouvernement du Québec – Programme de crédit d'impôt pour l'édition de livres – Gestion SODEC.

L'été était terminé. Pour les fées de la nature, le moment était venu d'apporter la magnifique saison de l'automne dans l'Autre Monde. Sans être vues par les humains, elles surgirent des nuages et commencèrent à répandre leur magie.

Bientôt, les couleurs automnales firent resplendir l'Autre Monde. Les fées se dirigèrent ensuite vers la Deuxième étoile sur la droite et rentrèrent à la Vallée des fées.

Dans la Vallée, d'autres fées étaient occupées à cueillir de la poussière de fées sur le Grand Arbre. C'était cette poussière qui leur permettait de créer leur magie.

Lorsque le signal qui indiquait la fin de la journée de travail retentit, Terence salua les autres et partit retrouver sa meilleure amie, Clochette, afin de l'aider avec sa dernière invention.

Quand Terence rejoignit Clochette près du ruisseau, celle-ci était en train de mettre la touche finale à son nouveau bateau, l'*Express poussière de fées*, et s'apprêtait à faire un premier essai. Elle mit le bateau à l'eau. Terence prit place dans une embarcation faite de feuilles et se tint prêt à naviguer à ses côtés.

« Ne t'inquiète pas, je serai tout près de toi, dit-il à Clochette. En avant ! »

Clochette mit les moteurs en marche et l'*Express poussière de fées* partit en trombe.

« Holà ! » hurla Terence lorsque son bateau fut inondé par l'énorme vague qu'avait causée celui de son amie.

Clochette accéléra et actionna tous les leviers. Soudain, des ailes, des skis et une roue à eau apparurent, et le bateau fila encore plus vite !

« Oh non ! » gémit Clochette lorsqu'elle aperçut des rochers devant elle. Les skis du bateau se cassèrent, puis l'embarcation poursuivit sa route sur la terre ferme et se dirigea droit vers un arbre. L'*Express poussière de fées* heurta le tronc, vola dans les airs et s'écrasa sur le sol.

« Est-ce que ça va ? demanda Terence.

— Ça va, merci, répondit Clochette.

— Je suis vraiment impressionné, ajouta Terence tandis qu'il tentait de rassembler toutes les pièces du bateau. Tu l'as piloté à la perfection.

— Aaargh ! hurla Clochette. Je ne peux pas croire que mon bateau s'est cassé !

— Il a seulement besoin de quelques petits coups de marteau », affirma calmement Terence.

Ces mots d'encouragement remontèrent le moral de Clochette.

Quelques instants plus tard, une fée vint livrer un message à Clochette :
la reine Clarion désirait la voir immédiatement ! Clochette se précipita
aux quartiers royaux où l'attendaient la reine Clarion, les ministres des
saisons ainsi que Fée Marie.

« Depuis le début des temps, les fées organisent une fête pour célébrer la fin de l'automne, qui, cette année, coïncide avec une Lune bleue. Un nouveau sceptre devra être fabriqué pour cette occasion », annonça le ministre d'Automne.

Il emmena ensuite Clochette dans une pièce remplie de sceptres.

« Cette année, c'est au tour des fées bricoleuses de le créer, poursuivit le ministre.

— Fée Marie a insisté pour que ce soit toi », ajouta la reine Clarion.

Clochette n'arrivait pas à le croire.

« Tu placeras une pierre de Lune au sommet du sceptre », précisa le ministre.

Il désigna ensuite une toile qui était accrochée au mur.

« Lorsque la Lune bleue est pleine et que ses rayons passent au travers de la pierre, cela produit de la poussière de fées bleue qui permet au Grand Arbre de se régénérer ».

« Voici la pierre de Lune, dit Fée Marie en ouvrant une boîte en forme de fleur. Elle fut transmise de génération en génération. C'est un objet extrêmement précieux et fragile. »

Clochette était honorée qu'on lui confie un travail aussi important. Elle serra Fée Marie dans ses bras et, dans son excitation, fit tomber la pierre de Lune.

« Attention ! » cria Fée Marie.

Elle rattrapa la pierre de Lune juste à temps et la remit dans sa boîte.

Clochette prit la boîte délicatement et quitta les quartiers royaux.

Ce soir-là, Terence rendit visite à Clochette. Elle lui apprit qu'elle avait été choisie pour fabriquer le nouveau sceptre d'automne.

« La Lune bleue n'apparaît dans le ciel de la Vallée des fées qu'une fois tous les huit ans, lui expliqua Terence. La trajectoire de ses rayons doit avoir un angle de quatre-vingt-dix degrés pour que la lumière puisse se transformer en poussière de fées bleue. »

Clochette était impressionnée par les connaissances de Terence. Elle fut ravie lorsqu'il lui proposa d'être son assistant.

Le lendemain matin, lorsque Terence arriva chez Clochette, celle-ci était encore au lit.

« Bonjour ! s'exclama-t-il. La Lune sera pleine jusqu'au jour des cérémonies d'automne. »

Terence laissa le déjeuner sur la table et partit au travail. Plus tard, avant de rentrer chez lui, il passa chez Clochette et lui donna quelques objets dont elle pourrait avoir besoin pour confectionner le sceptre.

Les jours suivants, Clochette construisit plusieurs modèles de sceptres. Terence lui apportait ses repas, lui prodiguait des conseils et lui donnait un coup de main avec les tâches ménagères. Elle n'aurait pu avoir un meilleur assistant.

Au bout d'un certain temps, Clochette commença toutefois à trouver que Terence l'aidait un peu *trop*. Sa présence l'encombrait lorsqu'elle travaillait. Lorsqu'il balayait le sol, le bruit du balai l'irritait. Quand il allumait un feu, la pièce s'emplissait toujours de fumée. Malgré tout, elle essayait de garder son calme.

Vint enfin le jour où Clochette termina le sceptre.

« Fais attention ! s'exclama Terence lorsqu'elle sortit la pierre de Lune de la boîte.

—Je sais, répondit Clochette. Chut ! »

Terence regardait par-dessus l'épaule de Clochette pendant qu'elle plaçait la pierre dans son support. Tout à coup, une pièce du support se cassa.

« Tu auras besoin d'un objet pointu pour le réparer, dit Terence en se dirigeant vers la porte pour aller lui chercher des outils.

—Prends ton temps », lui ordonna Clochette.

Une fois seule, Clochette put enfin se concentrer et réparer le support. Elle déposa ensuite la pierre de Lune au sommet du sceptre.

Terence revint au même moment en exhibant fièrement une boussole qu'il avait trouvée sur son chemin.

« Voilà l'outil qu'il te faut ! » claironna-t-il.

Clochette se fâcha. La boussole était ronde – tout le contraire d'un outil pointu !

« Veux-tu sortir ça d'ici ? » s'écria-t-elle. Clochette donna un coup de hanche à la boussole, qui se mit à rouler dans la pièce. Soudain, PAF ! La boussole heurta le sceptre, et la pierre de Lune bondit dans les airs. La boussole se mit ensuite à tourner, vacilla et termina sa course en percutant le sceptre. La jolie création de Clochette éclata en morceaux.

Clochette s'empara de la pierre de Lune. « Dehors ! cria-t-elle
à Terence. C'est toi qui as apporté cette stupide boussole ici ! Tout est
de ta faute ! »

Terence était surpris. « D'accord ! répliqua-t-il. Puisque c'est comme
ça, c'est la dernière fois que j'essaie de t'aider ! »

Clochette posa la pierre de Lune sur un coussin et se mit à faire les
cent pas. Elle ignorait comment elle allait parvenir à réparer le sceptre
à temps. Dans un élan de frustration, elle donna un coup de pied à
la boussole. Le couvercle s'ouvrit... et cassa la pierre de Lune !

« Oh, non ! » geignit Clochette.

Ce soir-là, après avoir tenté sans succès de réparer la pierre de Lune, Clochette essaya désespérément de trouver une solution. Ses amis Clark et Gabble vinrent lui rendre visite.

« Veux-tu venir avec nous au Théâtre des contes de fées ? demanda Clark.

— Je n'ai vraiment pas le temps, répondit nerveusement Clochette.

— Pas de problème, répliqua Gabble. Nous dirons à Fée Marie que tu ne peux pas venir. »

Clochette eut soudain une idée. Fée Marie savait peut-être où elle pourrait trouver une autre pierre de Lune.

Clochette se rendit au Théâtre des contes de fées, mais elle n'eut pas le courage d'avouer à Fée Marie qu'elle avait cassé la pierre de Lune.

Le spectacle débuta. Une fée nommée Lyria apparut.

« Il y a très longtemps de cela, un jour d'automne, des pirates arrivèrent au Pays Imaginaire, commença-t-elle. Ils étaient à la recherche du miroir d'Incanta. Ils rencontrèrent une fée et l'obligèrent à les guider vers l'objet convoité. Fabriqué grâce à la magie des fées, le miroir d'Incanta avait le pouvoir d'exaucer trois vœux. »

Lyria raconta ensuite que les pirates n'eurent le temps de faire que deux vœux. Leur bateau s'échoua, et le miroir disparut avec lui.

Clochette écoutait attentivement. Ce miroir magique était peut-être la solution à tous ses problèmes !

« On dit que le bateau serait sur une île lointaine au nord du Pays Imaginaire », poursuivit Lyria.

Clochette était tout excitée à l'idée de recueillir des indices qui pourraient la mener au miroir d'Incanta. Lyria parla ensuite d'une arche, d'une pierre et d'un vieux pont. Clochette essayait d'assimiler le plus d'information possible et ne portait plus attention au récit. Elle crut entendre Lyria évoquer un « pont du butin ».

La fée précisa ensuite que des pierres précieuses et de l'or se trouvaient à bord du bateau des pirates... ainsi que le miroir d'Incanta. Clochette prétendit être fatiguée et quitta le théâtre en courant. Elle devait absolument retrouver ce miroir et faire le vœu de réparer la pierre de Lune !

De retour chez elle, Clochette dessina la carte de l'île perdue, consulta une boussole et rassembla le plus de provisions possible.

« Comment vais-je pouvoir emporter tout ça ? » se demanda-t-elle.

Elle continua néanmoins de faire ses bagages. Puis, elle regarda dans son sac de poussière de fées.

« Il n'y en a pas assez ! » s'exclama-t-elle. Mais elle n'était pas vraiment inquiète : elle trouverait bien un moyen de s'en procurer davantage.

Le lendemain matin, ne sachant vers qui d'autre se tourner, Clochette se rendit chez Terence et lui dit sans détour qu'elle avait besoin de plus de poussière de fées.

« C'est pour ça que tu es ici ? » lui demanda-t-il. Il s'attendait à ce que Clochette soit venue lui faire des excuses pour la façon dont elle lui avait parlé la veille. « Pourquoi as-tu besoin de plus de poussière de fées ?

— Un véritable ami ne pose pas de questions indiscrètes, répondit Clochette, fâchée.

— Une véritable amie ne me demanderait pas d'enfreindre le règlement ! répliqua Terence.

— Dans ce cas, j'imagine que nous ne sommes pas de véritables amis, riposta Clochette.

— J'imagine que non », conclut Terence.

Clochette décida d'entreprendre son périple même si elle croyait
ne pas avoir suffisamment de poussière de fées. Mais pour cela, elle
devait construire un véhicule assez puissant pour les transporter,
elle et son équipement, jusqu'à l'île perdue.

Avec une gourde, quelques boules de coton et un attirail de
chaudrons et d'objets de cuisine, Clochette réussit à fabriquer
une montgolfière. Et tout ça en moins d'une journée !

Elle enfila sa tenue d'aventurière et, à la tombée de la nuit, elle
saupoudra de la poussière de fées sur le ballon. Au moment du
décollage, Clochette serra fermement contre elle son sac à bandoulière,
dans lequel elle avait glissé les fragments de la pierre de Lune.

« Au revoir, Vallée des fées ! cria Clochette tandis que le ballon
disparaissait dans les nuages. Je serai de retour bientôt ! »

Après avoir volé quelque temps, Clochette aperçut une chauve-souris qui pourchassait un essaim de lucioles. Heureusement, les insectes en fuite la frôlèrent sans abîmer le ballon.

Plus tard dans la soirée, lorsque Clochette voulut prendre une collation, elle fit la découverte d'un sac de provisions vide... et d'une luciole rassasiée !

Elle sortit le visiteur du sac. «Oust ! Va retrouver tes amis, lui ordonna-t-elle. Je poursuis une mission très importante ! »

Clochette tenta de se débarrasser de la luciole en lançant un bâton de toutes ses forces. Mais l'insecte le lui rapporta aussitôt. Lorsqu'elle voulut relancer le bâton, celui-ci accrocha le sac de poussière de fées et l'éjecta hors de la nacelle !

« Ça suffit ! déclara Clochette à la luciole après avoir
rattrapé de justesse son sac de poussière de fées. Dehors ! »
La luciole fit quelques pas sur le rebord du panier et sauta.
Croyant s'être débarrassée pour de bon de son passager
clandestin, Clochette consulta sa carte. Mais il faisait si noir
qu'elle avait de la difficulté à la lire. Soudain, une douce lueur
illumina la carte. C'était la luciole !

« Bon, d'accord ! dit Clochette. Tu peux rester avec moi pour
le moment. Je m'appelle Clochette. Et toi ? »

L'insecte se mit à briller plus fort. « Clignotant ? Scintillant ?
Flash ? Rayon ? Lueur ? » Elle devina enfin. « Ah, Flambeau ! »

Clochette et Flambeau scrutaient l'horizon à la recherche de l'île quand, soudain, ils pénétrèrent dans une nappe de brouillard. Le lendemain matin, lorsque le brouillard se dissipa, les aventuriers découvrirent qu'ils étaient dans un arbre.

« Nous sommes arrivés sur l'île perdue ! s'écria Clochette en regardant autour d'elle. Et voilà l'arche de pierre dont a parlé Lyria ! Reste ici pour faire le guet, Flambeau. Je reviens tout de suite. »

Clochette s'élança vers l'arche de pierre. Lorsqu'elle fut suffisamment près, elle réalisa qu'il ne s'agissait que de deux branches d'arbres qui s'entrecroisaient.

Pendant ce temps, le ballon commença à s'élever dans les airs. Flambeau tenta de prévenir Clochette, mais elle ne le remarqua pas. Lorsqu'il réussit enfin à attirer son attention, le ballon était déjà bien haut dans le ciel.

« Ma boussole ! hurla-t-elle. Mes provisions ! Ma poussière de fées ! Pourquoi ne m'as-tu pas avertie ? »

Les deux amis se mirent à pourchasser le ballon.
Soudain… BOUM ! Clochette fonça tête
première dans un arbre et s'évanouit. Flambeau
poussa un cri de détresse et, quelques secondes
plus tard, des insectes arrivèrent avec de l'eau et
de la nourriture pour la fée blessée.

Clochette reprit conscience et demanda aux insectes de la conduire à
l'arche de pierre. Elle tenta de s'envoler, mais n'y parvint pas. « Je n'ai
plus de poussière de fées, dit-elle. Je crois que je devrai marcher à partir
de maintenant. »

Tandis qu'ils se dirigeaient tous ensemble vers l'arche, Clochette
découvrit par hasard sa boussole, qui était tombée du ballon. Elle ne
l'aurait jamais retrouvée si elle n'avait pas rencontré ses nouveaux amis.

À ce moment, Clochette réalisa à quel point Terence lui manquait.

Dans la Vallée des fées, Terence aussi s'ennuyait de Clochette. Ce soir-là, il se confia à un vieux hibou savant.

« Clochette est ma meilleure amie. Nous devrions nous pardonner l'un l'autre, reconnut Terence. L'un d'entre nous doit faire le premier pas.

— Lequel ? demanda le hibou.

— Je crois que ce devrait être Clochette, répondit Terence. Elle n'aurait jamais dû me traiter de la sorte.

— Lequel ? » répéta le hibou.

Terence se rendit compte que le hibou tentait de lui faire comprendre quelque chose. « Moi ! » s'exclama-t-il.

Terence vola jusqu'à la maison de Clochette et frappa à la porte.
Il n'y eut pas de réponse. « Est-ce qu'il y a quelqu'un ? » demanda
Terence en entrant. Il sentit quelque chose craquer sous son pied.

« La pierre de Lune ! » haleta-t-il.

Il découvrit ensuite les plans du ballon de Clochette ainsi que sa liste
de choses à emporter. Terence savait que, peu importe où elle se
trouvait, son amie avait besoin d'aide !

- nourriture
- vêtements chaud
- de la pous
- volent

Dans la forêt de l'île perdue, Clochette et Flambeau étaient parvenus à la seconde destination dont avait parlé Lyria : le pont du « butin ». C'est là que Clochette réalisa que le pont du « butin » était en réalité le pont du « lutin », et que les lutins n'étaient pas très cordiaux.

« Dégagez avant que nous nous servions de vos os comme grille-dents, dit le petit lutin.

— Tu veux dire : "comme cure-dents" », corrigea le grand lutin. Le petit lutin se fâcha et les deux créatures commencèrent à se disputer.

Ils étaient si occupés à se quereller qu'ils ne se rendirent compte de rien lorsque Clochette et Flambeau traversèrent le pont.

Les deux explorateurs poursuivirent leur route. Ils atteignirent finalement une magnifique plage. Clochette était folle de joie. Elle avait trouvé le bateau des pirates !

« Nous sommes arrivés, Flambeau ! Nous devons maintenant trouver ce miroir et réparer la pierre de Lune. Allons-y ! »

Clochette et Flambeau s'aventurèrent
prudemment à bord du bateau sombre
et défraîchi. Il craquait et gémissait
comme s'il avait été vivant… et mécontent
de se faire déranger.

Clochette frissonna. « Ce miroir n'aurait
pas pu se trouver plutôt dans un champ rempli
de lapins ? » maugréa-t-elle.

Soudain, elle sentit quelque chose la frôler.
Surprise, elle cria : « Qui est-ce ? »

Malgré leur peur, les deux amis poursuivirent leur exploration et se rendirent dans les quartiers du capitaine.

« Regarde, Flambeau », s'écria Clochette. Devant eux se trouvait une sacoche. Peut-être contenait-elle les pierres précieuses et l'or dont avait parlé Lyria... Clochette lança l'aiguille de sa boussole vers le sac, qui se fendit. CRAC ! Des pierres précieuses et de l'or jaillirent du sac et couvrirent le sol.

Clochette se précipita vers le trésor, fouilla et trouva… le miroir !
Elle souleva les fragments de la pierre de Lune devant le miroir et prit une grande respiration. « Je n'ai droit qu'à un vœu », pensa-t-elle.

« Je souhaite… » commença-t-elle, mais elle fut distraite par le bourdonnement de Flambeau, qui volait près de son oreille.
Elle réessaya.

« Je souhaite… Flambeau ! J'aimerais que tu restes tranquille une minute ! » hurla Clochette.

Flambeau cessa immédiatement de bourdonner.

« Oh, non ! gémit Clochette. Ce vœu-là ne comptait pas ! »
Elle se mit à pleurer. Elle venait de gâcher son unique chance de
réparer la pierre de Lune.

Une larme tomba sur le miroir et le visage de Terence y apparut.

« Terence, s'exclama Clochette. Si tu savais combien je suis désolée !

— Je te pardonne, répondit Terence. Pourquoi ne m'as-tu rien dit au
sujet de la pierre de Lune ?

— J'ai cru que je n'avais pas besoin d'aide, expliqua Clochette.
J'ai eu tort. J'aimerais tant que tu sois ici avec moi. »

« Mais je *suis* avec toi », dit Terence.

Il se tenait à côté d'elle ! Clochette courut vers son ami. Ils étaient si heureux de se retrouver !

« Comment as-tu su… commença Clochette.

— J'ai volé toute la nuit, expliqua Terence. Et, au moment où j'allais manquer de poussière de fées, j'ai aperçu ta montgolfière. Il ne me restait qu'une pincée de poussière, mais ce fut suffisant pour arriver jusqu'ici.

— Comment t'es-tu procuré autant de poussière de fées ? demanda Clochette.

— J'ai… euh… fait un petit emprunt », avoua Terence.

Clochette n'arrivait pas à croire que Terence avait enfreint le règlement pour venir la rejoindre.

Les retrouvailles des deux amis furent subitement interrompues par une
bande de rats qui avaient décidé de faire un festin de fées.

Clochette et Terence s'emparèrent du miroir et s'enfuirent en courant.
Flambeau tenta de détourner l'attention des rongeurs, mais en vain :
Terence et Clochette furent rapidement encerclés. Terence agrippa
Clochette et saisit une corde qui pendait du plafond. Les deux amis
traversèrent la pièce en se balançant dans les airs, puis, BOUM !
ils atterrirent sur une pile d'assiettes. Ils en lancèrent une en direction
des rats. Terence s'aperçut alors qu'une latte du plancher était déclouée.

« Sauvons-nous par ici », dit-il à Clochette. Pendant que celle-ci essayait de soulever la planche, Terence tentait de repousser les rats à l'aide de l'aiguille de la boussole. Malheureusement, son arme lui glissa des mains, et les rongeurs en profitèrent pour se rapprocher.

Soudain, l'ombre d'un monstre hideux se profila sur le mur derrière Terence. Les grognements répétés de l'effrayante apparition firent fuir les rats. Clochette et Flambeau se félicitèrent l'un l'autre : ils avaient créé cette silhouette monstrueuse grâce à la lumière de Flambeau et avaient imité le son des grognements en se servant du chapeau de Clochette comme porte-voix.

« Viens ici, méchant monstre ! » dit Clochette en caressant la tête de la luciole.

Terence mena Clochette et Flambeau à la montgolfière. Heureusement, il restait suffisamment de poussière de fées dans le sac de Clochette pour permettre au ballon de s'envoler.

« Je ne sais pas si ça peut être utile, mais j'ai apporté cela », dit Terence. Il remit le sceptre brisé à Clochette.

« J'ai une idée, dit Clochette. Tu veux m'aider ? »

Ils travaillèrent toute la nuit tandis que la Lune bleue s'élevait dans le ciel.

Dans la Vallée des fées, les réjouissances de la Lune bleue avaient commencé. Fée Marie se demandait où était passée Clochette.

« La Lune bleue est pleine. Ses rayons sont à leur paroxysme. C'est un vrai désastre ! » grommela-t-elle.

Soudain, une montgolfière surgit dans le ciel. Clochette et Terence firent signe à leurs amis en souriant.

La reine Clarion était stupéfaite. « Oh ! C'est ce qu'on appelle une entrée réussie ! » s'exclama-t-elle.

Clochette se dirigea vers la reine et s'agenouilla.

« Votre Altesse, dit-elle respectueusement.

— Où est le sceptre ? demanda la reine Clarion.

— Euh… il y a eu… quelques complications », répondit Clochette.

Fée Marie et la reine affichèrent une mine inquiète.

« Mais il est prêt, maintenant, Votre Altesse », ajouta Clochette tandis que Terence apportait le précieux objet.

« Mes amis, annonça Clochette, voici le sceptre d'automne ! »

Lorsque Clochette souleva la feuille qui recouvrait le sceptre, tous les habitants de la Vallée des fées eurent le souffle coupé. Avec les morceaux du sceptre, le miroir d'Incanta et les fragments de la pierre de Lune, elle et Terence avaient créé une véritable œuvre d'art !

« Il faut absolument que ça fonctionne », souffla Clochette au moment où la lueur de la Lune bleue entra en contact avec le sceptre.

Soudain, des rayons de Lune jaillirent du sceptre et une pluie de poussière de fées bleue retomba sur la Vallée des fées.

« Votre Majesté ! s'écria le ministre d'Automne en jubilant. Je n'ai jamais vu autant de poussière de fées bleue de ma vie ! »

Fée Marie acquiesça. « Il doit être tombé au moins un million de flocons ! Si ce n'est pas plus ! »

Les amies de Clochette, Ondine, Noa, Iridessa et Rosélia, étaient éblouies. « Clochette, tu es exceptionnelle », dit Iridessa affectueusement.

« Mes amis, dit la reine Clarion, ce soir, je crois que nous avons eu la
meilleure récolte de poussière de fées bleue de tous les temps, et ce, grâce
à une fée très spéciale : Clochette. »

Clochette tira Terence vers elle. « Et à son ami Terence », ajouta la reine.
Puis, Flambeau vola entre Clochette et Terence. « Et à leur nouvel ami…
— Flambeau ! » dit Clochette.

Le ministre d'Automne remit le sceptre à Clochette. « Allons !
Dirigeons-nous tous vers le Grand Arbre », proposa-t-il. Clochette prit
la tête du cortège.

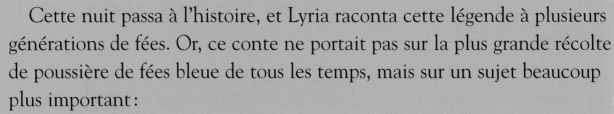

Cette nuit passa à l'histoire, et Lyria raconta cette légende à plusieurs générations de fées. Or, ce conte ne portait pas sur la plus grande récolte de poussière de fées bleue de tous les temps, mais sur un sujet beaucoup plus important :

Les plus beaux trésors ne sont pas de l'or,

Ni des bijoux ou des œuvres d'art.

Ils ne peuvent être tenus dans la main.

Ils sont dans votre cœur.

Les objets se détériorent ou se cassent.

Les saisons arrivent et repartent.

Mais le trésor de l'amitié

Ne perd jamais de sa beauté.